ÉPÎTRE

A M. LE COMTE

françois de Neuf-Château.

SOUS PRESSE.

LES VIEILLES FEMMES DE L'ÎLE DE SEIN, 2 volumes in-12; par
l'auteur de cette Épître.

DE L'IMPRIMERIE DE LACHEVARDIERE FILS,
RUE DU COLOMBIER, N. 30, A PARIS.

ÉPÎTRE

A M. LE COMTE

F^{ois} de Neuf-Château,

de l'Académie française,

Grand officier de la Légion d'honneur.

A PARIS,

PONTHIEU, LIBRAIRE,

PALAIS-ROYAL, GALERIES DE BOIS.

1825.

ÉPÎTRE

A M. LE COMTE

françois de Neuf-Château.

Jeune encor, mais froissé par le choc de l'orage,
Redoutant un danger plus grand que le courage,
J'ai fui loin du torrent qui porte sur ses flots
Les pompes de la vie, emblèmes de nos maux;
J'ai refusé ma vue aux feux du météore
Parant de leur clarté l'objet qu'il déshonore;
Et, dédaignant enfin le culte avilissant
D'une pourpre en lambeaux ou d'un autel sanglant,

La faveur mercenaire et la grandeur servile,
Près d'un sage éprouvé j'ai cherché mon asile.

Près d'un sage ! En est-il ? le vice usurpateur
A-t-il su d'un seul homme épargner la candeur ?
Neuf-Château, dis-le moi, si les mœurs de notre âge
Permettent d'espérer la rencontre d'un sage ?
Si dans l'arène impure ouverte à l'intérêt,
Il reste une vertu qui ne soit un forfait ?
Si les lois en vigueur du sordide égoïsme
N'étouffent pas en nous l'honneur et le civisme ?
Ah ! L'épître à Fréron , digne de souvenir,
Dans ses contemporains accusait l'avenir.
Prophète adolescent, Gilbert peignait des crimes
Dont on retrouve encor les auteurs, les victimes ;
Et sa postérité lit dans son vers sanglant
Les fautes du passé, la honte du présent.

Non que, du pessimiste affectant la misère,
Je me plaise à montrer le ciel dans sa colère,
Dégradant son ouvrage , à de sombres destins
Condamnant sans pitié les malheureux humains,

Sur l'univers entier promenant l'anathème,

Et du fléau du mal frappant la vertu même.

Le ciel voulut le bien, car il permit nos vœux,

Car il fit l'espérance, appui des malheureux.

Mais l'homme, enfant ingrat, parjure à sa croyance,

Livre à tous les hasards sa fragile existence,

Blâme le bien qu'il aime, et s'abandonne au mal[1],

D'un don céleste et pur il fait un don fatal,

A se tromper lui-même excite sa pensée;

Bien qu'il songe à regret à sa splendeur passée,

Il se façonne encore à la perversité;

Et quand il passe enfin, loin de la vérité,

De l'âge des leçons à celui de l'exemple,

Honneur, il a quitté jusqu'au seuil de ton temple.

Ah! ces pensers amers, inspirés par mon cœur,

Ne sont pas, Neuf-Château, les fruits de mon erreur.

Le mal est trop réel, et notre courte vie

Est trop lente à finir quand sa source est flétrie.

[1] Video meliora proboque,
Deteriora sequor.....
OVIDE.

Si dans l'homme isolé je signale un pervers,
Enfant dégénéré du Dieu de l'univers,
Des hommes réunis que reste-t-il à dire ?
La raison s'arme ici de la voix du délire,
Et, dépouillant les temps, son bras épouvanté
Repousse avec horreur chaque postérité.

J'en appelle à toi-même, à toi dont le vieil âge
T'exposa si long-temps aux horreurs de l'orage.
Neuf-Château, tu jugeas ces coupables humains,
Et leur cœur inconstant fut pesé dans tes mains.
Rappelle-toi ces jours de détresse et de larmes,
Où vainqueurs et vaincus, poussant des cris d'alarmes,
Blasphémaient l'Éternel, en demandant pardon.
De l'égout de Marat aux murs du Panthéon,
Du pied de l'échafaud au faîte de la gloire,
Le crime signalait la mort ou la victoire.
En vain du dévouement attestant la grandeur,
En vain prouvant ses droits par le glaive vengeur,
Chacun pour son parti réclamait la justice :
La justice indignée, au fond du précipice
Entraînait tour à tour les oppresseurs des lois,

Traîtres à leur patrie, et les bourreaux des rois.

Alors de ce haut rang, où planait ta fortune,

On entendit ta voix consoler l'infortune,

Du commerce et des arts invoquer la splendeur ;

Et ton noble civisme épura ta grandeur.'

Gloire à toi, Neuf-Château! ta belle renommée

Consacra la vertu, si long-temps opprimée.

C'était peu que ta main apaisât les fureurs,

Ranimât les talents, et vînt sécher les pleurs :

Disciple d'Apollon, élève de Voltaire,

Elle toucha leur luth pour consoler la terre,

Décora du laurier des vierges d'Anthéla

Les traits de la patrie et ceux de *Paméla* '.

Bien plus, du peuple encore soulageant l'indigence,

Au soc de la charrue appliquant ta science,

On te vit replacer dans nos sanglants guérets

Les moissons et les fruits, dons sacrés de la paix.

Gloire à toi, Neuf-Château! ce saint et noble ouvrage,

' Comédie en cinq actes et en vers, représentée pour la première fois, par les Comédiens français, le 1ᵉʳ août 1793. Elle valut à M. François de Neuf-Château les suffrages précieux de *Goldoni* : la censure de Geoffroy (l'abbé), qui n'était pas payé pour en dire du bien, et le blâme des terroristes.

Inspiré par les cieux, est le travail du sage.

Après tant de bienfaits, je cherche en mes esprits

Quel est leur souvenir, et quel en est le prix ?...

Ton cœur, sur les humains dirigeant son étude,

Comptait, en les servant, sur leur ingratitude,

Et ne put regretter leur hommage menteur....

Hélas ! dans le présent ton œil accusateur

Me montre de l'oubli le bienfait sacrilége.

Un noble éclat trahit, le silence protége ?

De la vertu vivante il faut porter le deuil ;

Son temple est un cachot, et sa pourpre un linceul !

Quoi ! pour la liberté, tant de maux, tant de larmes,

Tant de sang répandu pour retremper ses armes,

Et son autel sacré, qu'eût épuré nos vœux,

Retombe au bruit des fers sur nos premiers aïeux.

Liberté des Brutus, on t'imputa des crimes ;

Liberté des Français, tu n'eus que des victimes !

Toutefois, pour charmer notre juste douleur,

Des hymnes inconnus offerts à la grandeur,

Étouffant nos soupirs, dictent à notre plainte

Des accents plus amers, car ils peignent la crainte.

Oui, reprenant leurs droits, les pieux préjugés

Écrasent les humains, qu'ils se sont partagés.

Tout ce qu'un fol orgueil, une sainte licence,

Imposaient de honteux à la faible ignorance,

Reparaît de nos jours, orné de la splendeur

Dont le vice insolent pare son déshonneur.

Pour nous défendre, en vain la courageuse histoire

Oppose à l'ennemi sa terrible mémoire;

L'ennemi lui sourit, et, la foulant aux pieds,

Sur son corps de l'idole élève les trépieds.

Comment lui résister? un cilice et la bure,

Garants d'impunité, deviennent son armure;

Et se servant de Dieu quand il dit le servir,

Il frappe qui résiste et prétend obéir.

Le prêtre, en tous les temps, il n'importe son culte,

Agitant les ressorts de sa puissance occulte,

Sur le peuple imbécile exerça la terreur,

Se servit de ses mains pour lapider l'erreur;

Et le roi près duquel il a creusé l'abîme,

S'il ne vit son sujet, succombe sa victime.

Ah! laissant les forfaits dont il souilla son bras,

Les complots dont sa haine ébranla les états ,

Parlons du ridicule, où de son caractère

Se trahit à nos yeux la force imaginaire ;

Et permets à ma muse, ô sage Neuf-Château ,

D'offrir à tes regards un comique tableau.

Grégoire [1] a succombé : libres de toute entrave,

Auprès des cardinaux plaçons-nous au conclave ;

Examinons du Christ les apôtres vivants ,

De l'église écoutons les saints représentants.

Vois-tu sur tous leurs traits la lâche perfidie

Colorer la laideur que leur donne l'envie.

Chacun d'eux à genoux, le regard suppliant,

Demande à son voisin le secours d'un client.

Celui-ci, d'un grand roi se déclare émissaire ;

Il est de sa faveur l'heureux dépositaire ;

« Il doit sur le clergé, par de saints concordats,

» Répandre la splendeur et les dons des états.

» A leur ambition qu'importe sa puissance !

[1] Grégoire XIII, cardinal Buon Compagno , successeur de Pie V ,
mort en 1585.

» Le temps sur son vieux corps a jeté la souffrance,

» Peu de jours écoulés dans le soin des bienfaits,

» Et rendant la tiare à leurs ardents souhaits,

» Il ira près du Christ, père né de l'église,

» Chercher la récompense à sa ferveur promise. »

Sa faiblesse est touchante, et son vœu s'accomplit :

Le conclave trompé le proclame et l'élit.....

Relevant son regard, où la jeunesse brille,

Soudain le pape élu jette au loin sa béquille

Et bénit ses rivaux. Il semble que sa main

Repousse son linceul avec un froid dédain ;

Il revêt fièrement les bandeaux de l'idole,

Se nomme Sixte-Quint....[1], et monte au Capitole !

---

[1] Né au village des Grottes, le 13 décembre 1521, de François Peretti, vigneron. Il fut nommé Félix ; à neuf ans il gardait les cochons d'un habitant de son village ; un *cordelier conventuel* le fit entrer au couvent d'*Ascoli* : de là l'origine de son élévation. — Il fut elu pape le 24 avril 1585. — La circonstance que nous rapportons ici, comme principale cause de son élection, est historique. Félix Peretti, devenu cardinal Montalte, affectait l'attitude d'un corps cacochyme : sa tête était penchée sur l'épaule, un bâton soutenait sa marche, une toux continuelle altérait encore sa voix éteinte, et semblait le menacer à tous moments de sa fin dernière. — Il disait que sa vie devait moins durer que le conclave ; que s'il était pape, heureux d'en porter le nom, il laisserait l'autorité aux cardinaux......... A peine élu, il jeta le bâton sur lequel il s'appuyait, redressa son corps, et, la tête droite, il entonna le *Te Deum* d'une voix si forte, que la voûte de la chapelle en retentit.

Il prit le nom de Sixte V, en mémoire de Sixte IV, qui, comme lui,

Cependant, recourant à la pitié des cœurs,

Les prêtres nous ont dit que d'horribles malheurs

Ont payé lâchement leur pieux ministère,

Que le glaive a brisé l'arche du sanctuaire,

Et, prodigues enfin de leur sang généreux,

Qu'ils ont, soldats martyrs, combattu pour les cieux.

Eh! qu'ajoute à leurs noms la palme du martyre?

Quels faux dieux, inspirant un mystique délire,

N'ont pas sous le couteau traîné leurs sectateurs?

L'oppression d'un culte enfante ses vengeurs.

Des rives de l'Indus aux sables d'Arabie,

Des bords fameux du Tibre aux murs de Colombie,

Le sang a ruisselé pour des faux dieux rivaux;

En comptant leurs autels, on comptait des tombeaux;

Et quand des chants sacrés célébraient les saints crimes,

Ils avaient pour écho les soupirs des victimes.

Ah! quand pourront nos vœux, remplis d'un saint amour,

Invoquer l'Éternel à la clarté du jour,

avait été cordelier. — Il mourut le 27 août 1590, à soixante-neuf ans.
Urbain VII fut son successeur.

Dépouillés de ce doute et cruel et sinistre

Qui se glisse en notre âme aux cris du saint ministre?

Quand pourront les mortels comprendre la grandeur

Dont voulut les parer la main du Créateur;

Repousser pour jamais le culte d'une idole,

L'encens du Vatican, débris du Capitole,

Et les pardons honteux que des prélats mondains

Prodiguent à prix d'or de leurs vénales mains?

Tu gémis, Neuf-Château! ta longue expérience

Comprime les élans de ma sainte espérance.

Le passé, le présent te montrent l'avenir,

Et tu vois un bienfait dans ton dernier soupir.

Ah! soutiens ce flambeau, don de la Providence

Qui fait briller ses feux sur ta noble existence.

Philosophe éclairé, ministre citoyen,

Ton pays, te voyant, compte un homme de bien.

Puisque le ciel permet que le temps, des prodiges,

Heureux produits des arts, efface les vestiges;

Et qu'un grand homme enfin, périssable ornement,

Tombe aux coups de la faux, comme un grand monument,

Du moins assiste encore à la lente agonie

De cette liberté, que pleure ta patrie :

La main sur son autel, associe à tes vœux

Tous ses enfants vaincus, tous soldats généreux......

Va! succomber ainsi vaut mieux que la victoire,

Un injuste malheur est digne encor de gloire.

H. B.

9 782014 068368